JN184860

めぐる季節の回文短歌

路地消ゆる　哀しき我が身　抱いた肩
痛み乾きし　流る雪しろ

卒業を控えた春、少年は好きな女の子に告白しようと決意した。いつも彼女が利用する駅で待ち伏せし、思い切って呼び止め、溢れる想いを告げてみるも……答えは「ごめんなさい」。申し訳なさそうに頭を下げ、パタパタと走り去る彼女を見送った後、少年もゆっくりと歩き出す。あまりの心寒さに自分の肩を抱きしめながら、薄暗い路地へ消えていく。凍てつく北風に吹かれて、頬を伝う涙も冷えていくけれど、その涙が乾く頃には胸の痛みも少しは薄れているはず。

この涙は冷たくとも春を思わせる、雪解けの涙なのだ。

▽**雪しろ**　雪解け水

雪林（ゆきばやし）　春（はる）の草（くさ）あり　胸焦（むねこ）がす
過去（かこ）眠（ねむ）り浅（あさ）く　乗（の）る馬車（ばしゃ）は消（き）ゆ

いつもの通り道に、雪に埋もれた林がある。わたしはふと、そこへ立ち寄ってみようと思った。溶けかけのやわらかな雪をサクサクと踏みしめて進んでいくと、春の息吹を感じさせるような、小さな草花の芽を見つける。

しゃがみ込み、その小さな命を眺めているうちに、隠してきたわたしの想いも芽吹いてしまうようで、すこしだけ怖くなる。悲しい過去の夢ばかりを見続けて、眠りの浅かった日々もようやく終わるのかもしれない。もうあの馬車は去ってしまったのだ。

問ひ恨む　どこか意地悪　梅見つつ
見目麗しい　過去弔うひと

彼女のお墓参りに「付いて行きたい」と言い出したのは、僕の方だった。

もうずいぶん前に、彼女の愛したひとは亡くなってしまったらしい。僕は彼女の弔いを『デート』だと思っていたし、けっして邪魔はしないつもりだった。でもだんだん、彼女のすべてを知りたくなって……勇気をだして、梅の咲く彼女の故郷を一緒に訪れてみたのだ。

無事墓参りを終えた帰り道、「いい町でしょう?」と誇らしげに故郷を眺める彼女の笑顔は、なんとなく意地悪で、だけどすごく綺麗だった。梅の花よりもずっと。

神(かみ)の妻(つま)　黄梅(おうばい)の咲(さ)く　御霊(みたま)の間(ま)
　民草(たみくさ)の意(い)は　雨(う)を待(ま)つのみか

村外れには、巫女たちの住む瀟洒(しょうしゃ)な社(やしろ)がある。巫女とは神に魂を捧げた清らかな乙女であり、村人にとっては女神にも等しい存在だった。

その日も白装束に身を包んだ巫女たちは、神の化身とされる黄梅の前に膝をつき、一心に祈りを捧げる。外界では長い日照りが続き、作物は枯れかけているという。悲痛な民の訴えを、はたして神は聞き届けてくれるのだろうか。

春寒し(はるさむし)　のたりとひだまり　慕う(したう)歌(うた)

知り(しり)まだ独り(ひとり)　楽しむ(たのしむ)猿(さる)は

未だ寒さが残るとはいえ、暦はもう春。猫の額ほどしかない我が家の庭で、のんびりと日向ぼっこをしながら、昔流行(はや)った歌謡曲を口ずさむ。この曲は別れてしまった恋人を想う歌だけれど、わたしにはその寂しさや切なさがあまりピンとこない。ここ数年で親しい友人たちは皆結婚してしまい、休日に遊んでくれる相手がめっきり減った。それでも今はまだ独りが楽しい。

世間体(せけんてい)なんて考えずに、気まぐれな動物みたいに暮らしていこう。誰かを本気で恋しく思う、その日が来るまでは。

水の春　景色の落差　虫の羽の
止む桜の木　茂る葉の隅

雪深い山里にもようやく春が巡ってきた。凍り付いていた川はゆるやかに動きだし、田畑をうるおす豊かな流れとなる。

そんな中、岩陰で冬眠していた小さな羽虫も目を覚ました。温かな日差しに揺り起こされ、ふわりと外の世界へ飛び立ってみると、そこは眠りにつく前とは別世界のよう。とりあえず近くの桜の木の枝に止まって、ぼんやりとあたりを眺める。

どうやら桜の花が咲くにはまだ少し早いようだ。次はあの茂った木の葉の上に行ってみようか。

溶(と)けた水(みず)　春風(はるかぜ)凪(な)いだ「ついてきて」
いったいなぜ？　軽(かる)はずみだけど

冬の間、池に張っていた厚い氷は溶けてしまった。わたしの心も同じだ。真冬の北風よりも冷たく、彼の誘いをあしらい続けてきたけれど……不意に、わたしの心に春風が吹き抜けたのだ。どんなに冷たくしても、彼の視線が温かいままだと気づいてしまった。だから「ついてきて」の言葉につい頷(うなず)いてしまったの。

ちょっと軽はずみかもしれないけれど、まあこれも全部、春のせいってことにしちゃいましょう。

注がん酒　日々遠く死は　どこからか
琴弾く音　響け三月

　このままじゃ死にますよ、と医者が言う。家族が言う。しかし言われた本人にとっては、そんなもの知ったことではない。それよりも好物の酒を禁じられることの方がよほど辛い。

　この酒のせいで死ねるならばいっそ本望というものだ。……と、しつこく言い続けたかいがあり、もはや医者も家族も呆れるばかり。だから今日も使い慣れた徳利を手に、辛口の吟醸酒をぐびりとやる。ああ、どこからか琴の音が響いてくる。今は三月、世界はもう春なのだ。

長い夜や　妻の右手が　子どもにも
何処かで君の　待つ弥生かな

弥生という季節は、僕にとって特別な、どうしても忘れられない季節だ。最愛の妻が突然病に倒れたあの日。何もかもかなぐり捨てて、泣き喚いてしまいたい衝動にかられながらも、まだ小さな我が子のことを思い、必死に耐えて看病を続けた。そしてついに訪れた長い夜……。

別れを惜しむかのように、細い右手をさしだした彼女の微笑みを、僕は永遠に忘れない。たぶん今も、彼女は遠いどこかから僕たちを見ていて、旅立つ日を笑顔で待ってくれているんだろう。

▽弥生　三月

密の恋　苗木市立ち　踊る木々
流と落ちた地位　消えないこの罪

デートの場所には、あえて人の多い苗木市を指示した。

「木を隠すには森なんだから、人を隠すなら人混みが一番でしょう?」と明るく言い放つ。彼は苦笑しながらわたしの肩を抱き寄せた。指輪を外した左手で……。

彼は今『幸せ』を感じているらしいけれど、それは都合のいい幻想でしかない。堕ち切ってしまったこの魂には、すでに罪人の焼印が押されている。そんなことを考えながら、わたしは爽やかな木々の香りを深く吸い込んだ。

花の園　幹に刻みし　問いかけが
愛しみ先に　君のその名は

桜の開花時期は年々早くなっているという。

わたしが卒業するその日、校門へと続く桜並木は見事なまでに満開だった。可憐な薄紅色のシャワーを浴びながら、女生徒たちが制服のスカートをなびかせて歩いていく。明るい笑い声と、学友との別れを惜しむ泣き声。

そんな中、わたしは一人立ち止まり、そっと桜の木に触れる。そして想い人の名を、その幹に刻み付けるように指でなぞる。

たった一言「好き」と言えたなら……。でも、そんなの無理。彼の名前を呼ぶだけで、こんなにも胸がいっぱいになってしまうのに。

匂う香油　椿寿忌過ぎて　気づく欲
尽きて傷消ゆ　心中乞う鬼

彼女は香油が好きだった。香水とは違う、やさしくほのかな香りは、何事にも控えめな彼女によく似合っていた。そしてその香りに気づいているのは――彼女に思いを寄せているのは、自分ひとりなのだと思い込んでいた。

しかし、彼女は別の男に嫁ぐという。何も言わなくても思いは伝わっていると信じていたのに。許せない。許せない。

考えるたびに、抉られるような胸の傷が増えていく。それでも考えて考えて、いつしか傷の痛みさえ感じなくなったとき、手には一本のナイフが握られていた。

▽**椿寿忌**　高浜虚子の忌日。

春を嗅ぐ　夜露雨後の樹　伸びやかや

檜の香油　強く香る葉

いつのまにか町は、春の色に染められていた。わたしは素足にサンダルをつっかけて、小さな庭におりてみる。

降り続いた長雨のせいで、庭木はしっとりと濡れていて、水滴が月明かりをキラキラと跳ね返している。ようやく夜の冷え込みが薄れてきたその庭で、わたしは大きく深呼吸をする。

どうやら春の香りは檜から漂っているらしい。心地よい香りのおかげで、今夜はぐっすりと眠れそうだ。

身の傷み　名は悔しさか　鈍の手の
火にかざし焼く　花見鯛の味

男は孤独だった。妻が家を出てから初めての春。子どもたちはとうの昔に自立し、古びた一軒家に住むのは男ひとり。

趣味と呼べるようなものもなく、親しい友人もいないが、それは会社を定年退職するまで仕事一筋に生きてきた結果だった。「せっかくの気ままな一人暮らしなんだ、好きなものを好きなだけ食べてやろう」と独りごち、魚河岸で買い求めた大ぶりの鯛を焼く。

薪の火の揺らめきの中、男は自分の手を見つめた。家族に優しく触れることなど一度もなかった、鈍色の老いた手を。

▽**花見鯛**　産卵期の真鯛の雄。

花（はな）の匂（にお）う　子（こ）知（し）る由縁（ゆえん）に　縛（しば）るるは
死人（しにん）へ赦（ゆる）し　乞（こ）う鬼（おに）の縄（なわ）

満開の桜が咲くその町は、男の生まれ故郷だった。

子どもの頃から憎まれ、虐（しいた）げられながら生きてきた。故郷に愛着など一切なかったはずなのに、なぜ戻って来てしまったのかと、男は自嘲する。しかし、よくよく考えてみれば、男が犯してしまった幾多の罪は、すべてこの町にルーツがあったのかもしれない。だから、断罪の場としては相応（ふさわ）しいのではないか。

そんなことを考えていると、男の耳にけたたましいサイレンの音が届いた。いたずらに命を奪ってしまった人へ頭を垂れても、もう遅い。

頻(し)くや姫(ひめ)　東(あずま)をどりの　着飾(きかざ)るる
栄(さか)き祝詞(のりと)を　増(ま)す雨拍子(あめびゃくし)

彼女は美しい姫だった。和装に合うよう結い上げた髪は黒くしなやかで、顔(かんばせ)は雪のように白く、紅を落とした唇は赤く艶(つや)めく。客席から投げられる賞賛の声に、彼女はやや恥じらいを含んだ眼差(まなざ)しを足元へと落とし、静々(しずしず)と、しかし確かな足取りで華やかな舞台の中央へ歩み出た。

そして始まった演舞――手にした和傘を開き、雨を避けるようなしぐさで彼女はたおやかに踊る。澄んだ歌声が、まるで祝詞(のりと)のように世界を染めながら響き渡り、その姿に魅了された者の手拍子も増していく。

春惜しみ　清き神府の　宮庭に
闇の文書き　霞み萎る葉

強い春風が京の都に吹き抜ける。その風に抗うことができず、桜の花弁が次々と舞い散ってゆく。今夜は雨が降るだろうから、翌朝にはこの桜もきっと消えてしまっているだろう。輝かしい宮廷の奥庭に一人たたずみむ彼は、ゆく春を惜しむように目を細める。その瞳の裏に映るものは、常人には決して見えることのない『闇』。

涼やかな眼差しのまま、彼は懐から取り出した筆を持ち、さらりと一枚の文書をしたためた。その紙片は春風に逆らうかのように宙を舞い、異形の隠れた藪の葉を、その存在ごと掻き消してしまった。

駅も見え　頬濡らし春　立つまで待つ
足るは知らぬ　微笑みも消え

もうすぐ駅に着いてしまう。なのにわたしの涙は枯れることがない。この道を並んで歩いてきた幼馴染の彼に、突然カノジョができた。もう一緒に通学できないと報告されたとき、わたしは「おめでとう、ようやく春が来たんだね」なんて笑ってた。

今さら気づくなんてバカだけど、気づいてしまったからにはもう引き返せない。こうなったら、幼馴染というポジションを最大限に利用してやる。彼の心が変わるまで、ずっと傍にいてやるんだ。

覚悟とともに、わたしはブラウスの袖でぐいっと涙をぬぐった。

永き日の　とこしえな神　その儀式
望み叶えし　古都の悲喜かな

男にとって長い一日が始まった。これから男が行うのは、禁じられたおぞましい儀式——生贄を捧げ、禍つ神を呼び出し、望みを叶えてもらうのだ。生贄として攫った娘の泣き声など、もはや男の耳には届かない。愛する女の命を救うためには仕方がないこと……。

長い呪文を唱え終わった後、ついに男の望みは叶えられる。突如として現れた古都を覆い尽くす暗雲。激しい嵐の中に男の高笑いが響く。

その傍らに倒れ伏した見知らぬ娘が、いつしか愛する女の姿へ変わっていたことに、男は気づかない。

▽**禍つ神**　災いを引き起こす神。

噛むふりは　見飽きなそうだ　猫の子の
ごねた嘘泣き　編み針踏むか

その日わたしは、小さな子猫に一目惚れしてしまった。ペットを飼うつもりなんてなかったのに、我ながら困ったものだと苦笑しつつ、その子をうちへ連れて行く。幸いなことに『彼女』は人見知りもせず、狭い我が家にもすぐに馴染んでくれた。というより、もはやこのワンルームは彼女の王国だ。

お姫様のわがままを少し諌めると、カプッと噛みついてくるし、拗ねて嘘泣きもするし、まったく目が離せない。ほら、危ないよ。そこに編み針が落ちているから。

眺むツツジ　色粉濃いこの　頬、耳を
仄恋心　意思包むかな

ツツジの色は不思議だ。赤でもなく、ピンクでもなく、紫でもない。もしかしたら、今わたしの顔もこのツツジみたいな色をしているのかもしれない。こうしてわたしが色づいてしまうのは、ぜんぶ彼のせい。彼のことを意識するたびに、頬が自然と熱を帯びてしまう。頬だけじゃなく耳の先まで熱くなるのだから本当に重症だ。

この気持ちを誰にも知られたくなくて、私はあえて化粧をする。人工的な色粉をはたいてしまえば、すべてが嘘になってくれる気がして……。

動かない　飛ぶべき鳥を　看取る春
富溷と消へ　ふと田舎恋う

その鳥はひどく傷ついていた。野生の獣にやられたのか、噛み傷が痛々しい。翼を奪われ、ただ地面をはいずることしかできないその鳥を、わたしはじっと眺めていた。もはや何をしようと死から逃れられないと分かっていたからだ。

そして鳥の魂が旅立つのを見送った日、都会の曇り空を見上げながら考えた。本当は、わたしにも翼が生えていたのかもしれない。背負い続けてきた荷物を捨て去れば、また飛べるのかもしれない。過去の重たい荷物――富も名誉も何もかも捨てて、田舎に戻って、広い空の下で生きてみるのもいい、そんな気がした。

遠退けた　花屑消え去り　時続き
鳥さえ気づく　菜畑の音

それはとても艶やかな花だった。美しい彼女に似合いの、赤を基調とした豪華なブーケ。青空に高く放たれた花束と、光り輝くような彼と彼女の笑顔を、わたしは一生忘れられないだろう。

彼に相応しくない、地味なわたしに恋なんてする資格はなかった。こんなにも苦しいのなら、もう二度と恋なんてしなくていい……。

それでも時は巡り、ふたたび春はやってくる。この胸に小さな菜の花みたいな恋心が咲いたことに、わたしはまだ気づかない。あの小鳥さえ気づいているのに。

花の雨(はなのあめ)　多彩な傘と(たさいなかさと)　戸に印(とにしるし)
二度と咲かない(にどとさかない)　定めあの菜は(さだめあのなは)

カラフルな傘の花が繁華街を埋め尽くしていた。わたしの部屋は賑やかな大通り沿いのマンションの七階で、そこからの景色はなかなかのものだ。

それを彼に自慢したのは、去年の夏のことだった。彼の訪問を拒むようになったのは、その半年後。なのに彼は納得してくれなかった。

週末になると、わたしの部屋のチャイムを鳴らし、甘いお菓子などの『印』を残して帰る。冷たい雨に打たれて、彼の心も冷めてしまえばいいのに。わたしの恋の花は、もう二度と咲かないの。

雨（う）よ奇異（きい）な　冴返（さえかえ）るこの　庭（にわ）と木々（きぎ）
永久（とわ）に遺（のこ）る絵（え）　帰（かえ）さない今日（きょう）

黒灰色の雲が町を包んでいた。いつまでもやまない長雨に、人々の心は暗く沈んでいく。傘を差し、家路を急ぐ人々の視界からは少し外れたとある館にて、惨劇は起ころうとしていた。

雨に濡れた庭木が、稲光に照らされキラキラと煌（きらめ）く中、一人の男が椅子に縛られている。身じろぎもできない男は、ただ涙を流しながら「助けてくれ」と訴える。しかし男の願いは叶（かな）えられず……。

いつしかその館から人の姿は消え、一枚の絵画だけが残された。そこには愛しい男と寄り添い、やわらかに微笑（ほほえ）む女の姿が描かれていたという。

春

遠退く老い　罪の子隠す　卯波見な
疼く過去のみ　追憶の音

四月の海はよく荒れる。その白く弾ける波を見つめながら、男は遠い記憶を思い返していた。老いた身体はみるみるうちに若返り、まだ青年と呼ばれる姿だったあの日へと還ってゆく。

過去、男は愛してはならない人を愛し、子を産ませてしまった。罪の子はこの手で隠し、何もなかったのだと言い聞かせてその後の人生を歩んできた。

しかし家族も友人も、愛した人さえも死に絶えた今、一度も抱くことのなかった我が子が恋しい。「一目会えたら……」という男の身勝手な呟きは、すぐさま冷たい波音に掻き消された。

走(はし)り茶(ちゃ)の　香(かお)り故郷(ふるさと)　避(さ)け続(つづ)け
里(さと)去(さ)る振(ふ)りを　彼(か)の矢散(やち)りしは

村はいつも茶の香りに包まれていた。茶畑は季節ごとに色を変え、今は新茶ならではのみずみずしい青に満ちている。誰よりもはやく一番茶を飲めることが、村人にとって最高の贅沢(ぜいたく)だった。

だが青年は、そんな村人たちと交わることを頑(かたく)なに避けつづけていた。否、本当はずっと交ざりたかったのだ。しかし茶の香りを嗅げば、あの日の記憶が蘇(よみがえ)る。好きな娘に想いを拒まれた胸の傷が痛む。「いつかこの村を出てやる」という思いだけが、青年を支えていた。それでも視線はいつまでも、あの娘を追ってしまうのだが……。

きっと皆(みな)　捧(ささ)げあなたは　五月(ごがつ)発(た)つ
過去(かこ)は棚上(たなあ)げ　さざ波(なみ)と月(つき)

彼はわたしのことを本当に愛していたんだと思う。だから「別れてください」の一言ですべてを受け入れてくれた。理由を問いただすことも、涙を見せることもなく、ただ静かに頷(うなず)いた。「少し準備が要るから、引越しは五月になる」と告げ、彼は部屋を出て行った。

二人で選んだ、海の見えるこの家も含めて、彼は財産など何も要らないと言うんだろう。優しい彼の犯した、たった一度の過ちを、わたしはどうしても許せなかった。窓を開け、冷たい海風に吹かれながら、わたしは揺れる水面と月をぼんやりと眺めていた。

ひとつ飛(と)び　立夏(りっか)水(みず)飲(の)み　亀(かめ)跳(と)ぶと
女神(めがみ)の住処(すみか)　釣(つ)り人(びと)集(つど)ひ

海沿いの小さな田舎町には、密(ひそ)かに語り継がれているおとぎ話がある。それはかの有名な『浦島太郎』をモチーフにしたと思われる、摩訶(まか)不思議な話。夏が始まる日に海へ釣りに行くと、一匹の亀が現れる。のどが渇いて死にそうだというその亀に水をかければ、亀は恩人を甲羅に乗せてひとつ飛び、なんと竜宮城へ連れて行ってくれる、とのこと。

そんな馬鹿げた話を信じているのかいないのか、この季節には毎年多くの釣り人たちがやってくる。このおとぎ話を広めたのは当然、町長を筆頭とした町の観光局であった。

絶えた言葉　花桐通じ　言えた答え
意思移り気な　母と答えた

母はわたしにまったく似ていない。色白で幼げな面立ちをしているため、授業参観のときなどは「若くて綺麗なお母さんで羨ましい」とよく言われたものだ。そんな母へ不安を覚えたのは、わたしが大人になり始めた頃。母には好きな男がいると気づいてしまった。その男と会えた日は、必ず桐の花を花瓶に飾る。

それからしばらくして、父と母は離婚した。わたしはどちらに付いていくかと問われ、迷わず母と答えた。わたしは花のように可憐で美しい母が好きだった。たとえ移り気な、わたしを愛してくれない花だとしても。

今野々も　筍が湧くや　しばし座し
はしゃぐ我が子の　獣の舞い

今年もまた筍の季節がやってきた。日頃は野良作業で大忙しの村人たちも、今だけは旬の味覚を堪能せんと焚き火を囲む。採れたての筍は、やはり素焼きに塩を振ったものが一番美味い。もちろん味噌を乗せても煮付けにしてもいい。

いつも腹を減らした子どもたちにとっても、筍料理はごちそうだ。夢中でむさぼり食い、満足した子らは歌い踊りだす。まるで獣の子かと思うほど無邪気な姿に、大人たちも腹を抱えて笑いあうのだった。

碁石貸す　麦の秋井戸　溜まりけり
また吐息あの　気難しい子

麦畑が黄金色の絨毯のように広がっている。一家総出で野良仕事を終えた後、村人たちは夕飯までの短いひとときを、おのおのが好きなように過ごす。囲碁に興じる男たち、鬼ごっこをする子どもたちを横目に、女たちは井戸端に集まりおしゃべりを始める。

すると一人の母親が「うちの子は気難しくて……」とため息を吐いた。その少年は皆と外で遊ぶこともせず、今も部屋に籠って本を読んでいるという。――しかし、問題児だと思われていたその少年が、将来、たくわえた知識を使って村の危機を救うことになるのだが、それはまた別のお話。

水無月（みなづき）や　掲（かか）げた右手（みぎて）　硫黄島（いおうとう）
置（お）いて君（きみ）だけ　輝（かがや）きつ波（なみ）

戦地へ赴任してから、いったいどのくらいの月日が流れたのだろう。一人、また一人と戦友（とも）が命を散らせていくこの地を、誰かが地獄だと言った。それでも私はなぜかこの島が、この海が嫌いにはなれなかった。

愛機の操縦にもだいぶ慣れ、ふたたび暑い夏が始まろうとしていたその日、ついに私の命運は尽きた。翼を失い煙に包まれる愛機の中、私は右手を高く掲げて戦友（とも）へと手を振った。そして、故郷に残してきた愛する人へ思いを馳せながら、美しくきらめく波の向こうへ飛び立った。

月(つき)が差(さ)し　鈴蘭仕入(すずらんしい)れ　たかが和歌(わか)
語(かた)れ偉人等(いじんら)　涼(すず)しさ書(か)きつ

鈴蘭(すずらん)を仕入れた、という何気ない言葉がきっかけとなり、友人たちが我が家へ集うことになった。彼らは風雅にも歌を嗜(たしな)む輩(やから)だ。ならば鈴蘭(すずらん)で一首、と歌会が始まった。ふだんは寡黙な歌人も、酒が入れば饒舌(じょうぜつ)になる。

夜風の吹き抜ける縁側に腰掛け、月を見上げて歌を詠みあい、鈴蘭(すずらん)という花には毒があるのだと薀蓄(うんちく)を披露する奴を「いずれ歴史に名を残す」などと大げさに持ち上げてやれば、どっと歓声がわく。そうして、涼しげに揺れる鈴蘭(すずらん)を三十一(みそひと)文字に置き換えながら、ゆっくりと夜は更けていく。

怯（ひる）めども　花魁草（おいらんそう）よ　霧（きり）の去（い）ぬ
祈（いの）り共存（きょうぞん）　雷（らい）をも止（と）める焔（ひ）

魔女とは稀有（けう）な存在だ。彼女らは火、水、風、土、植物などに宿る精霊を呼び出し、ときには人を傷つけるほど大きな力を生み出すという。

この村にもかつて魔女が暮らしていた。しかし村人は未知なる力を恐れ、迫害し、森の奥へ追いやってしまった。その後訪れた災い――激しい落雷は神の怒りそのものだった。村人たちが迫りくる死に屈しかけたそのとき、森の奥から現れたのは美しい少女。可憐（かれん）な赤い花を手にした少女は、神に祈り、人々に共存を願う。その願いは深い霧を晴らし、荒ぶる神の心を鎮める焔（ほのお）となった。

夏至(げし)の便(たよ)り　途絶(とだ)え潮風(しおかぜ)　凪(な)ぐ故国(ここく)
何故(なぜ)か教(おし)えた　鳥(とり)よ楽(たの)しげ

故郷の母から夏の便りが届かず、慌てて船旅の手配をしたのだが、その船の同行者として一羽の白い鳥がついてきていた。その鳥を目にすることは吉兆とされている、だから大丈夫だと、男は自分の心に言い聞かせていた。

「思い返せば母さんはもういい年だ、何かあってもおかしくない。もちろん弟たちが面倒を見てくれているはずだとは思うが……」

甲板を無駄にうろつき、ぶつぶつと独りごちる男を見て、鳥はなぜか楽しげに歌う。——辿り着いた故郷に、産まれたばかりの小さな妹が待っていることを、男はまだ知らない。

夏至（げし）進（すす）み　思慕（しぼ）遠退（とおの）くか　痛（いた）み詠（よ）み

大学（だいがく）ノオト　星見涼（ほしみすず）しげ

天文部の夏合宿は、僕にとって絶好のチャンスだった。人気のない夜の学校で、夏の大三角を見上げながら彼女に告白しよう……そう思っていたのに。夏が来る前に、彼女には恋人ができてしまった。僕の立てた計画は悪手でしかなかった。あんなにも魅力的な彼女を、他の男が放っておくわけがなかったんだ。

悔しさでぐちゃぐちゃな気持ちを歌に変え、僕は大学ノートに書きつづる。少しでも冷静になって、彼女との夏を涼しい顔でやり過ごせたらいい。少なくとも友達のままなら、彼女の傍（そば）にはいられるのだから。

遠(とお)ざかる　長旅(ながたび)の眠(ねむ)る　短夜(みじかよ)が
沁(し)みる胸(むね)の灯(ひ)　高鳴(たかな)る風音(かざおと)

故郷へ戻るつもりはなかった。小さな村の片隅で、小さな畑を耕して一生を終えるなんてまっぴらだと、俺は家を飛び出し、遠い異国へ向かうというこの船に乗った。

なのに今、あの村のことをずっと考えている。もう眠ってしまおうと毛布を被(かぶ)っても、一秒ごとに遠ざかる村の光景――親や兄弟や、好きだった女の姿が胸をよぎり、なかなか寝付けない。揺れる船の中、ランタンの灯(あか)りを見つめ、海風を聴きながら、俺は少しだけ考えを改めた。異国で何かを成し遂げたそのときは、必ずあの村へ帰ろう、と。

椅子動かす　彼脱いだシャツ「好き」とキス
艶肢体濡れ　微か香水

忙しい彼がうちへ遊びに来るのは久しぶりだった。わたしは張り切って豪華な手料理を作り、最高の笑顔で彼を迎え入れた……というのに、彼は到着するやいなや「ごめん、まだ仕事が残ってて」とパソコンを開く。

わたしはふくれっ面のまま、彼の上着を脱がせてハンガーへ。さらにネクタイを外して、ワイシャツのボタンも、と手をかけたところで、彼は「しょうがないな」とため息。優しげに目を細めて自らシャツを脱ぎ捨てる。あらわになった素肌に、わたしは「好き」とキス。その瞬間、ふわりと甘い恋の香りが漂った。

罪吹くか　竹落葉舞う　望み汲み
其の馬は地を　気高く踏みつ

戦乱の時はようやく終焉を迎えようとしていた。攻める側も攻められる側も、ともに疲弊しきったある夏の夜、一頭の馬が竹林へと逃げ込んだ。

馬の背には、もはや虫の息となった一人の老兵。彼は戦友である愛馬に向かい、静かに語りかける。「我が命が尽きようとも、この首だけは敵に渡すわけにはいかない」そんな彼の声に応えるかのように、馬は小さく鼻を鳴らす。その馬の胴体にもすでに幾本もの矢が突き刺さっている。竹落葉を踏み締め、あくまでも誇り高く前を向き、馬と老兵は死地へと赴く。

蜜乱(みつみだ)れ　鬼灯市(ほおずきいち)も　添(そ)う影(かげ)が
嘘用(うそもち)いキス　溺(おぼ)れた身罪(みつみ)

彼は危険人物だ。女の子たちは皆、彼の放つ甘い蜜のような言葉に酔わされて、ふらふらと近寄ってしまう。でもわたしは絶対にそうならない、と全力で逃げ続けた結果、いつの間にか立場は逆転。なぜか彼の方がわたしを追ってくるようになってしまった。

今日もわたしが鬼灯市(ほおずきいち)へ行くことを知り、勝手に後をついてきて、しかも「前髪にゴミがついてるよ」なんて嘘(うそ)をついてキスされたり……。悔しいけど、これは彼を突き放せないわたしが悪い。わたしはもうとっくに、彼に溺れてしまっているのだから。

この背(せ)、肩(かた)　おあいこだけど　キスしたし
「好(す)き」溶(と)けた恋(こい)　青田風(あおたかぜ)の娘(こ)

中学生になると、男の子は急に大人っぽくなる。背が伸びて、肩ががっしりして、声変わりして。

だけどわたしの方がまだ半歩くらい大人だ。アイツほどじゃないけど背が伸びて、髪も伸びて、胸もちょっとは育った。背はすぐに追い抜かれちゃうだろうけど、今はちょうどおあいこ。

だから、わたしの方から先に言うの。「ねえ、キスしよ」なんて。そして驚いて固まるアイツの唇を奪って、「好き」とささやいて、アイツの心をわたしでいっぱいにして……逃げるの。青い稲が育ち始めた田んぼの真ん中を、全力ダッシュで！

▽**青田風**　青々と色付いた田を渡る風

砂の城　雲から育つ　闇厭い
見やった空か　もぐ路地の茄子

砂場とブランコがあるだけの小さな公園は、地元の子どもたちにとって最高の遊び場だ。とくにこの夏は『砂の城づくり』が大流行。

ジョウロに水をくみ、砂場に水を撒いてしっかり踏み固めながら、立派な城を築いていく。そんな子どもたちの姿を庭先からこっそり見守っていた母親は、不穏な気配に空を見上げた。そろそろ夕立が降りそうだ。せっかくあの城が完成しそうなのに。

でもまあ、楽しみは明日までとっておいた方がいい。「さあ、はやく茄子を収穫しなくちゃ。今日の夕飯は麻婆茄子よ」

虹が去り　飛び立った意思　異国行く
恋しいたった　一人探しに

彼と別れた日は朝から冷たい雨が降っていた。彼は旅人で、いずれ自分の国へ帰ってしまうと分かっていて、それでも好きになったのはわたしの方。だから忘れなきゃいけない、この雨に打たれて彼の記憶を洗い流してしまおう、そう思ったのに。

不意に雨が止み、空には鮮やかな虹がかかった。その虹はすぐ消えてしまったけど、なぜか胸に焼き付いて、どうしても消えてくれない。――あの虹の向こう側へ行ってみよう。そんな想いに突き動かされ、わたしは異国へ旅立つ。この小指には赤い糸が繋がっていると信じて。

追いなさい　朝虹が去り　零す水
誇り探しに　さあ誘いを

珍しくまだ暗い時間に目が覚めてしまった。わたしは水の入ったコップを手に、庭へと降りてみる。今朝方まで降り続いた雨のせいか、縁側も庭の木々もしっとりと濡れていて、涼やかな風が心地よい。そして朝焼けの空には、淡く儚い虹がかかっていた。その虹に心奪われ、思わず手にしたコップを取り落してしまう。

日々仕事に追われ、疲れて眠るだけの今のわたしには見ることのできない景色。でもわたしだって最初は、あの虹みたいにキラキラした夢を追いかけていたはずだった。わたしは、変わらなきゃいけない。

諏訪想え　真夏日伊勢の　宮の地の
闇の静謐　名前も追わず

諏訪から伊勢への旅を思い立ったのは、陽光がギラリと照り付ける真夏日だった。

恋人と別れて暇を持て余していたのと、なんとなく心身の不調を感じていたため、ちょっとお祓いでもしておこうなんて軽い気持ちで。

この判断は、もしかしたら神様の導きだったのかもしれない。大鳥居をくぐり、深い緑に包まれた神の宮を散策していくうちに、気づけば宵闇が漂いはじめた。静けさの中、不思議と心は穏やかに凪いでいた。恋人への未練も消えてしまったようだ。もう二度と、あの人の名を追いかけることはないだろう。

婿見つめ　行く今日惜しむ　繋がるか
夏虫追う夜　聴く夢積み込む

この夏、久しぶりに娘夫婦が我が家を訪れた。娘は「仕事が忙しくて、なかなか休みが取れない」と常に嘆いていたものの、いざ顔を合わせればやつれるどころか元気一杯。この家では童心に帰るのか、バタバタと騒がしい。

そんな娘を引き受けてくれた婿殿は、本当によくできた方だ。用意しておいた浴衣を羽織り、縁側に腰掛け、庭を訪れた蛍の光に目を細めている。

彼がポツリと漏らした「家族とこんな風に過ごすのが夢でした」との一言に、胸がじわりと温まる。繋がった縁に感謝しつつ、「まだ若いんだ、もっと大きな夢を持て」と叱咤激励するのだった。

甘美な日　闇の濃くなり　涼やかや
啜り泣く娘の　雅な鬢か

その娘は貧しい農村から十把一絡げで売られてきた、ただの貧相な子どもだった。しかし身体にこびりついた垢や泥を落とせば、その下からは抜けるような白い肌と整った面立ちが現れた。そして娘は女郎屋の奥深くで大切に育てられ……ついに、水揚げの日が訪れた。

相手に選ばれたのは、羽振りの良い商家の息子。深い闇が落ちた夜、灯籠の淡い炎が揺れる中、男は大枚をはたいて手にした美姫を胸に抱き寄せる。啜り泣き、震える娘の美しく結い上げた髪は、閨の中で無残に崩れてゆく。

逝(ゆ)き守宮(やもり)　我(わ)が奇特(きとく)な身(み)　飛(と)び散(ち)る血(ち)
瞳(ひとみ)泣(な)くとき　変(か)わり靄(もや)消(き)ゆ

その国には『守宮(やもり)』と呼ばれる男がいた。己の身体を靄(もや)の中に隠すという異能を持ち、君主の影として暗躍してきた。しかし突然現れた一人の娘――隣国から人質として遣わされた姫君に、なぜか彼の術は見破られた。「なぜ貴方は泣いているの？」という無垢(むく)な言葉に心を動かされてしまった。

守るべき鉄の掟を捨てさり、守宮(やもり)は刃(やいば)を振りかざされた姫の前へと躍り出る。飛び散る血ははたして誰のものなのか……姫の涙が零(こぼ)れ落ちたそのとき、守宮(やもり)を包む靄(もや)は消え、彼はただの青年へと変わった。

妻に射て　泉飛び散る　哀しき死
流る血瞳　水底に待つ

もともと妻のことを愛していたわけではなかった。常に青白い顔をした病弱な女との結婚は、私にとって苦痛でしかなかった。そんな生活を終わらせるため、私は妻を森の奥の泉へと誘った。なのに、なぜ君は嬉しそうな顔をする？

泉のほとりに立ち、澄んだ水を手のひらに掬いながら「綺麗」と囁いて。

それでも、もう引き返せない。そう遠くない未来に、死神が君の命を奪い去るというのなら、いっそ――。

胸から血を流し、哀しげに微笑んで水底へ落ちていく妻の姿を見届けた後、私も冷たい水に身体を浸した。

夏

大好きと　惚けたくせに　意固地だし
恋に急くだけ　時鳥草いた

時鳥を鳴かせる方法は三つある。鳴くまで待つか、無理に鳴かせるか、殺しちゃうか。わたしの恋もそれと同じ。彼が振り向いてくれるまで待つか、頑張って振り向かせるか、あとは潔く諦めるか。それともいっそ殺しちゃう?

だって彼は、わたしが「大好き」と言っても笑ってスルーするひどいヤツなのだ。いつもわたしを子ども扱いして、放っとけないからって傍で守ってくれて。こんなの恋しちゃうに決まってる、とむくれていたら、彼がボソッと。「時鳥草って草もあるんだぞ。俺はその花が咲くのを待ってんだよ」

「さあ行こう」呼ぶ名キスが枯れ　態度問い
誰かが好きな　芙蓉濃い朝

彼の家の庭先で、芙蓉の花が赤く色づいている。これはかなり不思議な光景だ。彼とは長い付き合いになるけれど、花を愛でる趣味など聞いたことがない。気になって尋ねようとすると「別にいいだろ、さあ行こう」と話をはぐらかす。

もし誰か他に好きな人ができたなら、そう言ってくれればいいのに。わたしだって、最近キスもしなくなった彼との関係に飽いている。だけど、もしこの芙蓉がわたしのために咲いているとしたら……。そんな想像を、すぐさま打ち消した。もう夢を見ていられる時間は終わったのだ。

霞(かすみ)の身(み)　酔芙蓉(すいふよう)より　色通(いろつう)じ
移(うつ)ろい涼呼(りょうよ)ぶ　泉(いずみ)の水(みず)か

深い霧が立ちこめる森の奥に、蔦(つた)の絡まる古い館がある。そこに住む女主人は眩(まばゆ)いばかりの美しさで、出会った男たちの心を虜(とりこ)にしてしまう。

今日も一人の男が、恋慕を募らせ森へと足を踏み入れた。幾日も森を彷徨(さまよ)いようやく辿(たど)り着いた館には、艶(あで)やかな赤いドレスを身にまとった女主人が待ち構えていた。そして二人は酒に酔い、甘い蜜月を過ごす。

男が目覚めると、女主人も館も消えていた。腕に抱いていたのは一輪の酔芙蓉(ふよう)の花。男は近くの泉の水で頭を冷やし、すべてを悟った。何もかもが夢だったのだと。

瞳遠(めとお)い夜(よ)　角切(つのき)り胸(むね)の　火(ひ)の跡(あと)と
あの日(ひ)の眠(ねむ)り　気(き)の強(つよ)い乙女(おとめ)

　秋が深まると、春日大社の鹿たちは角を切られるらしい。観光客や樹木を傷つけないようにって。でも角を切られる鹿は痛くないのかなと、わたしは考える。もう眠らなきゃいけない時間なのに、そんなどうでもいいことにこだわって。

　そう、わたしは人よりこだわりが強いんだ。正しいと思ったことをやりとげるまで、情熱の炎が消えない。だからわたしはいつも傷ついて、誰かを傷つけてしまう。……いつかわたしの『角』も切り落とされてしまうのかな。もしそれが大人になるってことなら、わたしは子どものままでいい。

かの娘いま　秋簾埃　和服つく
ふわり零れた「好き」甘いこの香

　窓にかけていた簾を仕舞うからと言って、彼女が私の部屋を訪れたのは、心地よい秋晴れの午後だった。私は書生として住み込みの修業をしており、彼女は先生の一人娘。とても明るく奔放な女性だ。

　しかし簾を取ろうとするのはよいのだが、和装のあちこちに埃を付ける姿は見ていられない。思わず「私がやります」と腕を伸ばせば、彼女はふわりと微笑んで「好き」と呟く。動揺する私が簾を取り落すや、彼女の視線はさっと逸らされて机の上の紙束へ。「貴方の書くお話、好きよ」……そうして私の部屋には、大量の埃と甘い香りが残された。

「駄目、死んで」紅くその名は鶏頭と
生け花覗く　カーテン閉めた

彼の部屋で赤い花が咲きはじめた。その花は白いワイシャツの上につぎつぎと花弁を開いてゆく。まるで鶏頭のように色鮮やかなその花を、わたしはただ静かに見下ろしていた。ナイフを握った手を振り下ろすたびに、一輪の赤い花が咲く。もう一輪、もう一輪……彼の喉から、許しを請うくぐもった声が聴こえるけれど、駄目よ。約束を破ったらこうなることは分かっていたはずでしょう？

そうして美しい『生け花』が完成した後、わたしはそっとカーテンを閉めた。この花はわたしだけのもの。もう誰にも見せてあげない。

貝割菜（かいわりな）　望（のぞ）みは恋（こい）も　お互（たが）いつい
片思（かたおも）い拒（こば）み　その生業（なりわい）か

授業で植えた貝割菜はあっという間に芽が出てきた。おなじ理科係の男の子と一緒にその鉢を運ぶのが今日の仕事だけど、わたしは鉢の前にしゃがみ込んでしばし観察タイム。丸っこい緑の双葉がとても可愛い。「これもう食えんのかな」という彼の声なんて気にしない。

それにしても、男子の頭の中って食べることと遊ぶことばっかり。今目の前にちょっと可愛い女の子がいること、気づいてる？　そんなことを考えながら、上目遣いで彼を見やると、「つーかお前……いや、何でもない」と不意に彼が立ち上がったけど、それはもう授業のチャイムが鳴っちゃうせい、だよね？

貝割菜（かいわりな）　清（きよ）らかな緑（みどり）　雨留（あめとど）め
蟻（あり）と見（み）ながら　良（よ）き生業（なりわい）か

しっとりと濡れた土の間から、小さな貝割菜が芽吹いている。それを見つけた瞬間、わたしの目からポロリと涙が零（こぼ）れ落ちた。

華やかな都会暮らしに疲れ果て、身も心もボロボロになったとき、田舎のおばあちゃんの家が空き家になると聞いて迷わず飛びついた。デスクワークから畑仕事への華麗（かれい）なる転職は、もちろん失敗ばかりだけれど、それでもわたしの播（ま）いた種はこうして芽吹いている。泥汚れなんて気にせずゴロンと寝転がって、ありんこと同じ目線になって……うん、とてもいい仕事だ。わたしはここで生きていこう。

馬鈴薯か　沸かす合間の　苦き飢餓
二の舞明日が　我が世強いれば

荒れ果てたこの土地でも育つ馬鈴薯は、村人にとって大切な栄養源だ。しかしいくら馬鈴薯といえど豊富に採れるわけではない。だから子どもたちは馬鈴薯が茹で上がるまでの時間、熱い竈を囲み、口から涎を垂らさんばかりにして待ち構える。

この土地へ移り住もうと決めたのは、村の長である私だった。若かりし頃の私は、新たな土地さえあれば村を守れると信じていた。しかし長い年月を経た今、もうかつてのような自信がない。せめて子どもたちを飢え死にさせることがないようにと、神に祈るばかりだ。

崩す芋　落とし蓋窓　月影が
きっとまだ無事と　思い濯ぐ

残り少なくなってきた芋を煮付けにすることにした。多少なりともかさが増すよう、そして薄い塩味が奥まで染み込むよう、菜箸の先で少し崩してから落し蓋をする。芋が煮えるまでの間、わたしは三角巾を取り、ひび割れた窓から月を見上げた。

今夜は空襲がなかったせいか、外は静かだし月も綺麗だ。遠い戦地へ旅立った夫も、同じ月を見ているだろうか。それとも……いや、まだ知らせは何も届いていない。無事なのだと己に言い聞かせ、わたしはいつの間にか涙に濡れていた頬を、手にした頭巾でそっと拭った。

罪綴り　また逃げ嘆く　気の毒と
野菊健気に　黙りつつ見つ

男の趣味は日記ブログを更新することだった。日記といってもその内容は完全にフィクション。男は善良な人間だが、実は『ワル』に憧れていた。だから悪人キャラになりきって嘘の日記を書く。

そんな痛々しい日記にいつしか熱心な読者がついた。それは男のことを密かに「いいな」と思っていた同僚の女性である。しかし男は野菊のように可憐な彼女の視線にまったく気づかない。今日も上司にミスをなすりつけられ、日記には「ミスをなすりつけてやったぜ」と悪人のような報告をする。彼女はそんな男が可愛くて仕方ない、らしい。

罪人よ　きつく抱いてと　見つめる瞳
罪とて抱く　月夜と秘密

兄貴が「恋人を紹介したい」と言ったとき、俺はまるで自分のことのように喜んだ。今まで苦労をかけた分、兄貴には幸せになってほしいと思っていた。なのに、俺は兄貴を裏切った。

今夜も彼女は、兄貴が留守だと知っていてこの家へやってくる。彼女もまた罪に苦しんでいることは、今にも泣きだしそうな横顔や、震えながら薬指の指輪を外すしぐさで分かった。それでも、もう戻れない。彼女の望むままに、華奢な身体をきつく抱きしめる。

この罪をすべて見ているとでも言いたげに、冷たい月が俺たちを照らしていた。

宵来ぬか　月に眠る間　肩掛けが
高まる胸に　気づかぬ恋よ

大学にほど近いわたしのアパートは、仲間たちの便利な溜まり場だ。まあ部屋はそれなりに広いし、大勢で騒ぐのは楽しいんだけど、ちょっとだけ困ることがある。一人の男の子が、わたしにとても優しいのだ。

今日もリビングに皆を残して、一人寝室でレポートを書いていたら、いつの間にかうたた寝してしまった。すると彼はわたしの居眠りに気がついて、「もう遅いからお開きにしよう」と皆を強引に帰らせて、わたしの肩に上着をかけてくれて……思わず眠ったフリをしてごめんなさい。でも、どうすればいいか分からなかったの。

仮名読む子(かなよむこ)　奇跡を待(きせきま)つと　きつく抱(だ)く
「月(つき)」と妻起(つまお)き　咳込(せきこ)む夜長(よなが)

妻が病に倒れてからというもの、わが子はずいぶんと成長した。不慣れな父親の手料理を残さず食べ、家事を手伝い、夜は居間でおとなしく本を読んでいる。たまに読めない字があるときだけ訊(き)きに来るのだが、その指がさし示した文字は『奇跡』。思わず小さな身体を抱きしめ、私は奇跡を強く願った。

子どもが眠った後、寝室から妻の咳き込む声が聴こえた。どうやら薬が切れたようだ。白湯と薬を運ぶと、彼女はすっかり痩せ細った顔をもたげて私に微笑(ほほえ)みかけ、窓の向こうを指差した。今夜も月は青く輝いている。

夜長(よなが)さす　canon(かのん)月光(げっこう)　艶(あで)やかや
出会(であ)う娘(こ)告(つ)げん　逃(のが)す魚(さかな)よ

秋の長い夜は、独り部屋でのんびりと過ごすのがいい。クラシックを流し、艶(あで)やかなヴァイオリンの音色を聴きながら遠い月を見上げているだけで、心が幸福感で満たされていく。過去、この部屋に恋人を連れてきたことは何度かあった。しかし彼女たちは残念ながら総じて騒がしく、ともに静けさを愉(たの)しんではくれなかった。そんな彼女たちは、別れ際『逃がした魚は大きいわよ』と言っていた気がするけれど、今は独りがいい。何も言わず傍(そば)に寄り添ってくれる、あの月のように静かで優しいひとが現れるまでは。

長き夜の　カナリヤ住みし　梢の枝
少し水やり　仲の良きかな

妻に先立たれてからというもの、ことさら夜の長さを感じるようになった。庭に降り、色づく秋の山々を眺め見たところで、心にぽっかりと空いた隙間は埋まらない。

そこでふと思い立ち、小鳥を飼うことにした。妻が好きだったカナリヤをつがいで買い求め、ついでに古びた家屋を大改造。もはや自分の家なのか、鳥の家に居候しているのか分からないという有様だ。それでもカナリヤに水をやり、仲睦まじく餌をついばむ様を見ていると心がなごむ。妻もこの光景をすぐ傍で見ているのではないか……そんな気がした。

灯火親し　頭は戻る　眩暈今
メル友はまた　明日詩買うと

秋といえば、やはり読書だ。その夜もわたしは電気スタンドの下で、お気に入りの文庫本を読んでいた。すると、ブブブブブという無粋な振動音。一気に現実へ引き戻される。スマホを開けば、最近メル友になった男子からメッセージ。

文芸部員の彼はわたしを熱心に勧誘するけれど、こっちは読書が好きなだけで創作側には興味はない。なのにわたしが「うん」というまで、毎晩ポエムを送りつけてくるなんて。しかも、眩暈がするほど甘い恋の詩ばかり！

明日また新たな詩集を買うという彼に、そろそろ心が折れそうです。

吐露孤高（とろここう）　秋彼岸死（あきひがんし）が　食（は）む夜半（よわ）は
詠（よ）むは歌人（かじん）か　引（ひ）き合（あ）う心（こころ）と

男は病に苦しんでいた。秋の夜はことさら長いというのに一睡もできない。眠れぬまま目を閉じていると、遠い過去の記憶が次々と浮かんでくる。

今まで多くの人を踏み台にして生きてきた。だからこのまま独り死に絶えるのも自業自得と覚悟していたものの、いざそうなってみると苦しい。

男は弱かった。弱さゆえに虚勢を張らねば生きられなかったのだ。その訴えを耳にした医師は、薬の代わりに歌を教えた。想いのすべてを歌にして吐（は）き出せば楽になるだろう、と。

そうして男は歌人となり、人の心を取り戻してゆく。

妖魔化け　秋の山素足　冷え凍え
秘し東屋の　黄揚羽舞う夜

その山には悪戯好きの妖魔が暮らしているという。そんな噂を知ってか知らずか、紅葉の色づき始めた秋の山へ立ち入った男が一人。しかし、うっかり道に迷ってしまった。さあ困ったと思案していたところに、美しい女が現れた。「すまないが、お前さんの家に一晩泊めてくれないか」「ならば何かお礼をしてもらうよ」そんなやりとりを交わし、男は女の住む東屋へ転がり込んだ。

そして、足が冷えて凍えそうだという女を男の肌で温めてやると……たいそう喜んだ女は揚羽蝶の姿となり、夜空の向こうへ消えてしまった。

彼の名消し　実石榴朽ちた　右手見て
君たち黒く　寂しげなのか

人と鬼との混血であるわたしは、どちらの社会にも入れない半端者で、産まれてすぐに山へ捨てられた。そんなわたしを拾ってくれたのが彼だ。彼はわたしに言葉を教え、人の心を教え、石榴をくれた。年に一度、鬼の血が疼いたときはこれを食べなさいと。その石榴が彼自身の血肉でできていたことなど知る由もなく。

今年もまた鬼の血が疼きだした。なのに石榴はもう届かない。わたしの右手は鬼の手と化し、人肉を求め、どうしてもそれが得られないと分かるやボロボロと崩れ落ちた。あたかも黒い石榴のように、寂しげに。

風鳴子（かぜなるこ）　ノイズ描（えが）きし　捩（よじ）る愛（あい）
或（あ）る女子（じょし）着替（きが）えず　居残（いのこ）る何故（なぜ）か

秋の大会が近付いてきたその日、私はトレーニングの一環として生徒たちに『鳴子くぐり』を指示した。腰の高さで張った数本の縄に鳴子をくくりつけ、それを鳴らさないよう進ませる。これが意外と難しく、すぐに足腰が悲鳴をあげる。当然鳴子もノイズを掻（か）き立てる。

そんな愉（たの）しくも苦しいメニューを終え、無事解散となったわけだが、なぜか一人の女子が帰らない。「片づけを手伝います、コーチ」と鳴子に触れ、ついでに私の手にも触れてくる。いったいこれはどういう意味なのか。今私の胸は鳴子のようにノイジーである。

▽**鳴子**　小さな板に細い竹管を糸で吊り、並べたもの。

咲くの野辺　ここからそっと　紐解くと
もひとつ空が　ここへ野の草

彼がわたしを森へ連れ出したのは、よく晴れた秋の日のこと。お母さんが留守にしているうちに、子どもだけで森へ出かけるなんて、わたしにとっては大冒険だ。途中で道に迷いながらもなんとか森を進んで、緑の木々がふっと途切れた先には——夢のような世界が広がっていた。光に満ちた小さな野原いっぱいに咲く、色とりどりの花々。思わず歓声をあげると、彼は「どうしてもこの景色をきみに見せたかった」と呟いた。その言葉の意味をそっと紐解けば……彼の空色の瞳のなかに、花が綻ぶような笑顔のわたしが映った。

冷ゆる窓　飛ぶ鳥が寄った　迷子の恋
また強がりと　ふと留まる指

今日も彼は来ないのだろうか。わたしは本を置き、ひんやりと冷たい硝子窓へ手を触れた。世界はもう秋一色。美しく色づく木々の上を、一羽の渡り鳥が飛んでいく。――彼はあの鳥のような存在なのかもしれない。

長い旅の途中、少し迷子になってこの家へ立ち寄っただけ。目的地はここじゃない、なんて勝手に決めつけてしまうのは、彼の前で無様に泣きたくないから。見栄っ張りで強がりで、ちっとも可愛くない、と軽く自嘲しつつ読書へ戻ったとき、久しぶりの来客を知らせるチャイムの音が響いた。

遠い島　唐辛子乾く　主指示し
抜く若白髪　疎ましい音

わたしの奉公先は、若くして出世された立派な貴族様、というのは大きな間違いだった。

何も知らない田舎者のわたしが採用された直後に、なぜか使用人がバタバタと辞め、ご主人様は罪人として捕まった。どうも良からぬことを企んでいたらしく、遠い島へ流されて……。

「で、なぜわたしが付き合わされるんでしょう？」島の名産品の唐辛子を齧ったような苦い顔で、わたしは彼に文句を言う。

なのに彼は、さっぱり本音の見えない胡散臭い笑顔で「若白髪を抜いてよ」なんて呑気なことを命じてくる。もういっそ、この綺麗な黒髪を抜きまくってやろうかしら。

以後知れず　遠い恋知る　茱萸の木の
見苦しい恋　訪れし恋

この木を見ていると懐かしい気持ちになるのはなぜだろう？

わたしは庭先で揺れる茱萸の実を見つめながら、真剣に考えてみた。たとえば遠い前世から、この木はわたしの傍にいたのかもしれない。わたしを心配して、いつも近くに転生してくれている……なんて。

でもわたしが幸せになれないのは自業自得だ。根が臆病者だから、恋をしてもたいていは告白すらできずに終わる。そのたびにこの木の前で大泣きして、反省会をして、次こそはと頑張ってきた。だから今日は絶対彼に「好き」って言うんだ。見守っててね、茱萸の木さん！

秋

君眠る　やはり鳴くか　冬雲雀は
比喩深くなり　逸る胸見き

小春日和のなか、僕が散歩から戻ると彼女は縁側でうたた寝をしていた。膝の上には編み針と毛糸がある。縫いかけのマフラーの隅には、彼女の好きな雲雀の刺繍。冬枯れの田畑を元気に飛び回る雲雀は、身体の弱い彼女にとって憧れの象徴だったらしい。そして、近所で評判の悪ガキだった僕もまた雲雀と同じく。

彼女から「憧れていました」と告白された日のことを思い出すと、今でも胸が逸る。本当は、ずっと好きだったのは僕の方。あの鳥はいつか飛び立ってしまうけれど、僕はずっと君の傍にいるよ。

酉（とり）の市（いち）　話（はな）す言葉（ことば）は無（な）く
どこか孤独（こどく）な母（はは）と子（こ）　即（すなわ）ち祈（いの）りと

賑やかな酉（とり）の市で、迷子の少年と出会った。どうせ暇つぶしに来たことだしと、少年の手を取って人混みの中を歩き出す。どうやら少年は母親のために飲み物を買いに行き、道に迷ってしまったようだ。そして無事母親の元へ送り届けるも、その女性はうつろな眼差（まなざ）しで遠くを見つめるばかり。少年がジュースを差し出しても「ありがとう」の言葉はない。きっと心を患っているのだろう。

わたしはそんな二人から静かに離れた。通りすがりのわたしには、彼らにしてあげられることは何もないけれど、ただ少しだけ、神様にあの親子の幸福を祈った。

終えた恋　搾りかすとて　息白し
聞いてと縋り　欲しい答えを

今夜はことさら寒く、吐く息も白く冷たい。

腐れ縁だった彼との関係がついに終わった。今まで「好きな女ができた」と言っては、何日もしないうちに「やっぱりお前といるのが一番楽」と戻ってきたから、今回もそうなると高をくくっていたのに、まさか彼女と結婚するだなんて。

終わった恋に縋るなんて惨めすぎるけど、気づけば彼のことを考えてため息が漏れてしまう。でもきっとこのまま友達に戻る方がいいんだろう。隠し続けてきたわたしの本音を、今さら「聞いて」と叫んでも、欲しい答えは返ってこないから。

時満（ときみ）つる　寝酒（ねざか）の後（あと）の　甘（あま）い頬（ほほ）
今（いま）あのドアの　重（かさ）ねる積木（つみき）と

私は三十代の会社員、仕事は激務である。だからこそ、たまの記念日には早く帰るよう心がけている。今日は愛する妻の誕生日。『子どもたちとケーキ作って待ってるね』のメールに励まされ、バリバリと仕事を片付け——気づけば外は真っ暗。慌てて帰宅すると、リビングで妻が眠っていた。その足元に転がるワインボトル。

とりあえず彼女の頬に「おめでとう」とキスをする。一方、子ども部屋の前には積木で作ったバリケードと『パパのばか』の張り紙が。それを崩さぬようそっと潜入し、子どもにもキス。明日こそ早く帰ろう。

買う葛湯　香りと日々の　季節待つ
咳の日ひとり　お粥掬うか

年のせいか、最近風邪を引きやすくなってきた。特に冬の朝は寒さが骨まで染みてくる。そんなときは葛湯がいいとラジオで耳にし、試しに買い求めてみたのだが、これがなかなか面白い。季節ごとに様々な味の商品を届けてくれるのだ。生姜、抹茶、柚子、小豆……特に俺が気に入ったのはニッキ、いやシナモン味だ。ニッキだなんて今どきの若者は言わないんだな。

まあこんな感じで、多少咳込む日もあるが、俺はまだまだ元気いっぱい、妻の後を追う日はもうしばらく先になりそうだ。さて、今日は粥でも作ってみるか。

冬

炬燵中（こたつなか）　憩（いこ）いたい夜（よ）に　見（み）つめる瞳（め）
罪（つみ）に酔（よ）いたい　恋叶（こいかな）った娘（こ）

コタツって本当に最高だ。ほかほかでぬくぬくで、ついお布団へ行かずゴロゴロしてしまう。外ではキャリアウーマンを演じているわたしが、実はコタツ愛好家だなんて、会社の皆には想像もつかないだろうな、と思っていたら、突然憧れの上司に本性がバレた。わたしが風邪で休んだ日、近くの取引先を尋ねたついでにお見舞いに寄ってくれるという有難迷惑な展開で。

しかもわたしのコタツ生活は、なぜか上司のハートを打ち抜いたらしく、気づけば一緒にゴロゴロするような関係になっていた。内緒の社内恋愛なんて柄じゃないけど、まあいっか。

「謝意(しゃい)ないか」　襖越(ふすまご)しにも　怒気届(どきとど)き
戦友(とも)に死後増(しごま)す　不甲斐(ふがい)ない野次(やじ)

長かった戦争も、冬に入りようやく終わりを迎えた。戦争は大地を荒らし、人々の心を荒らし、男の経歴にも深い傷跡を残した。男は一個師団をまとめる将だったが、それは貴族という血筋により与えられたもの。男にはその立場に見合う資質も覚悟もなかったのだ。男が見捨てた戦友(とも)の死が、平和になった今、重くのしかかってくる。周囲には怒号が飛び交い、人々は男の責任を問おうと息をまく。確かに男は無能だったが、そうさせたのはこの国である。なぜ自分だけが……と、締め切った襖(ふすま)の奥で、男は今日も頭を抱える。

引(ひ)く童女(わらわ)　障子(しょうじ)の開(あ)く音(おと)　涙皆(なみだみな)
遠(とお)くあの慈雨(じう)　吉原(よしわら)沸(わ)く日(ひ)

寒い冬の朝、一人の美しい少女が吉原の茶屋へ入った。彼女の手を引いてきた女衒(ぜげん)は、女将(おかみ)から大金を受け取るや満面の笑みで茶屋を出ていく。少女はすぐさま奥へ導かれ、誰にも姿を見られないようにと障子の向こうへ隠された。

その少女は没落した華族の娘だった。一昔前であれば『姫』と呼ばれて傅(かしず)かれていた存在である。それほど高貴な娘でさえ売られてしまうとは、時代は変わったものだと人々は言い合い、不遇な少女に涙した。

それから数年。少女の水揚げが決まったとの知らせに、吉原は再び沸いたのだった。

冬温し(ふゆぬく)　得難(えがた)いと戦友(とも)　身震(みふる)える
文(ふみ)も届(とど)いた　返(かえ)し来(く)ぬ夕(ゆふ)

冬にしては温かい陽気にもかかわらず、男の身体は震えていた。その手には一通の手紙が握られている。差出人は古い友人だ。彼らは過去、ともに一つの宝を探す冒険者だった。だが結局宝は見つからず、皆は別の道を歩むことになった。ただ一人、手紙の差出人の彼だけを除いて。

「ついに宝を見つけた」との知らせに、男の心は高揚するものの、同時に不安も湧き上がる。宝の前には危険な罠(わな)が多数待ち構えている、まずは仲間が集まるのを待て、と男は手紙をしたためた。しかし、彼からの返事が届く日は来なかった。

暖冬を　見つめた瞳さえ　いつからか
潰え冷めた瞳　罪を疎んだ

今年の冬は例年に比べてかなり暖かく、職場の花である女性社員はみな一足早い春の装いだ。彼女もそのうちの一人で、春めいた淡いピンクのカーディガンを羽織り、周囲へ甘い笑顔を振りまいている。

わたしは昔から彼女が嫌いだった。あの手の女に引っかかるような男のことも馬鹿にしていた。

しかし密かに付き合っていた上司から「好きな人ができた」と別れを告げられ、その翌日には彼女と結婚するとの噂が回ってきたのだ。「許せない……」こみあげてくる憎悪に、思わず身震いする。わたしの視線の冷たさに、彼女は気づかない。

師走和歌　異国の乙女　望み詠み
その瞳遠退く　恋交わす和紙

年の終わり、バタバタと慌ただしく過ごす中、僕の元に一通の手紙が届いた。それは遠い異国にいる恋人が詠んだ和歌だった。つたない筆文字で綴られたその歌には、僕のことを想う気持ちが溢れている。

あの国を出てから早数年。一刻も早く一人前にならねばと仕事に打ち込んできた。彼女の青い瞳は今も美しく輝いているだろうか。長い時間、ろくな便りも寄越さず待たせ続けている僕へ、恨み言ひとつ言わない彼女のことを思うと胸が締め付けられる。僕は仕事の手を少し休め、彼女へ返歌を届けるべく筆を執った。

独(ひと)りが飽(あ)き　罪(つみ)の恋仲(こいなか)　春着着(はるぎき)る
儚(はかな)いこの身(み)　月明(つきあ)かり問(と)ひ

初詣に晴着で出かけるのは我が家の習慣だ。祖母から仕込まれた着付けの腕はなかなかのもので、わたしはするりと大和撫子(やまとなでしこ)に変身。まあちょっと面倒だけど、この晴着姿を見たいと言ってくれる人がいるから仕方ない。でも、彼との関係は皆には内緒。

秘密の恋ほど燃え上がる、なんてロマンチックな話じゃない。ただ独りに飽きたときに、たまたま彼が傍(そば)にいただけ。だから、いつ別れを告げられても平気なの。

そんなことを考えながら、わたしは月を見上げた。今夜が『その日』になるかもしれないと予感しながら。

買初（かいはじめ）　夕方（ゆうがた）までと　慌（あわ）てては
後（あと）でまた買（か）う　夢芝居（ゆめしばい）か

わたしにとって『元旦』とは、デパートの初売りを意味する。もちろん狙うのはアパレルブランドの福袋だ。まだ日が昇らない時間からデパートの前に陣取り、綿密な計画を立てて、開店と同時に猛ダッシュ。ライバルたちの腕を振り払い、見事目当ての品をゲットしたら、速やかに次の店へダッシュ。結局夕方までかかり、両手で抱えきれる限界まで買い込んで、無事帰宅。

しかしここはまだ折り返し地点。新年二日から初売りのデパートへ赴（おもむ）くべく、わたしは今夜も早寝する。どうか明日も楽しい夢が見られますように。

歌留多(かるた)ひく　乙女(おとめ)「赦(ゆる)して」記憶無(きおくな)く
起(お)きて知(し)る夢(ゆめ)　遠(とお)く浸(ひた)るか

庭師の男は美しい姫に恋をしていた。恋慕を拗(こじ)らせた男が「もう夜這(よば)いするしかない！」と決意したとき、たまたま都で評判の呪術師と知り合った。これ幸いと恋の成就を依頼すると、呪術師は「代わりにお前の大事な宝を一ついただくよ」という。その問いに頷(うなず)くや気づけば男は城の中に瞬間移動。目の前には麗しの乙女がいて、独り歌留多で遊んでいる。「赦(ゆる)して」という可憐(かれん)な声を己の唇で塞ぎ、姫との熱い一夜を過ごした男は……翌日、妙にスッキリとした顔で仕事場へ現れた。「昨夜は何かいい夢見たなー」と思いつつ、庭仕事にせっせと勤(いそ)しむ。その呪術の代償は男の恋心だった。当然、姫の身体も清らかなままである。

この姿(すがた)　みじめな今朝(けさ)　泣(な)き縋(すが)るか
好(す)きな酒(さけ)舐(な)め　沁(し)みた数(かず)の子(こ)

新年早々彼女に振られた。つい一週間前のクリスマス、俺は彼女が欲しがっていたブランドバッグをプレゼントし、彼女も「ありがとう、大好き！」なんて言ってたのに。彼女にとって俺はただのＡＴＭだったのか……そんなことを考えて一人むせび泣いていると、突然母ちゃんがうちへやってきた。

「あら、あんた何泣いてんの？　どうせ彼女に振られたんでしょう、ほら元気だしなさい、あんたの好きな数の子持ってきたわよ！」

うるさい、ほっといてくれ。でもありがとう。今日の数の子はなんだか胸に沁(し)みるぜ。

問う余興　鞠初　冷ややかな中
やや姫縛り　舞うよ京都

一月四日、京都下鴨神社では『蹴鞠初』が行われる。「平安時代に盛んだった蹴鞠の伝統を残すために――」と蘊蓄を語る彼に、わたしはげんなり。確かに「珍しい場所でデートしたい」とは言ったけど、まさか蹴鞠だなんて。

冷たい北風と大勢の見物客の人いきれの中、わたしは冷ややかな目で舞台に立つ烏帽子のおじさんたちを眺めていたのだが……「あっ、ほらそこ！　惜しい！」気づけばわたしの口からこんな声が漏れていた。飛び入り参加した小さな女の子も楽しそうに笑ってる。伝統ってのも、なかなか悪くないね。

釜始（かまはじめ）　叶（かな）えた旅路（たびじ）　求（もと）める目（め）
灯火湛（ともしびたた）え　眺（なが）めし浜（はま）か

今年初めての茶会は、海辺の小さな町で行うことになった。ずっと訪れたかった場所だけに、旅の道中も心が弾む。

若かりし頃、あの海で出会った一人の少女がいた。彼女は地元の漁師の娘なのか、肌は日に焼け、潮の匂いの染み付いた粗末な服を着ていた。しかし浜風に揺れる長い黒髪はとても美しかった。思わず引き寄せられて傍（そば）へゆくと、彼女は何かを求めるかのような熱い眼差（まなざ）しでこちらを見やった。その瞳の灯火（ともしび）に、この胸はずっと焦がされ続けている。もしも彼女とあの浜辺で再び会えたなら、そのときは――。

▽**釜始**　新年初めての茶の湯。

歌壇(かだん)諸氏(しょし)　榾火(ほたび)忘(わす)れたか　常(つね)に熱(ねつ)
語(かた)れず詫(わ)びた　巨星(ほし)よ死んだか

冬の朝、冷たい雪に覆われた竈(かまど)に火を起こすのは容易ではない。まずは燃えやすい紙片へ種火をつけ、それが燃え尽きる前に細い薪(たきぎ)へ、そして太い榾(ほた)へと少しずつ熱を移していく。そうやって、歌の世界も広がっていったはずだった。歌壇では常に熱の入った議論が繰り広げられていた。

しかし一度燃え上がった火も、燃料となる木々をくべ続けなければ消えてしまうものだ。煙がくすぶるばかりの冷え切った竈(かまど)を前に、わたしは遠い過去を振り返る。あの炎をもう一度見たいと願っても、熱い想いを語ってくれた師はもういない。

破壊強いる　冬干潟つたう　水霞み
歌ったか比喩　古い詩歌は

わたしの生まれ故郷は、海沿いの静かな町だった。しかし年を経るごとに景色は変わっていった。夏場は潮干狩りで賑わっていた遠浅の海は、しだいに黒く澱んでゆき、いつしか灰色のコンクリートに埋め尽くされた。

今こうして眺め見る冬の干潟――残されたわずかな干潟も、草木が枯れ、人気もなく、本来なら群れを成して舞い降りる渡り鳥さえ訪れない。過去、この海の美しさを詠んだ詩歌たちも、もはやその価値を失った。歌に織り込まれていた豊かな水も、水辺に暮らす生命の輝きも、すべては霞となって消えてしまった。

昴(すばる)知(し)り　たぶん列車路(れっしゃろ)　君進(きみすす)み　帰路(きろ)や失恋(しつれん)　二人知(ふたりし)るはず

わたしにとって彼は、冬の夜空にきらめく昴(すばる)みたいな人だった。背の高い彼を見上げれば、いつも眩(まぶ)しい笑顔が返ってきた。なのに彼はわたしを置いて都会へ旅立った。あのとき「ついていく」と言っていたら運命は変わっただろうか。

でも東京行きの列車に飛び乗ったところで、どうなるかは目に見えている。彼はひたむきに夢へと進み、わたしはただ部屋で待つばかりで、いつか失恋の痛みを抱えて故郷へ戻ることになる。だったら、わたしも自分の道を行く。今は彼のことを遠くから応援していよう、あの昴(すばる)みたいに。

寒北斗(かんほくと)　見(み)よ遠(とお)き島(しま)　大義無(たいぎな)き
痛(いた)ましき音(おと)　読(よ)み解(と)く本歌(ほんか)

冬の夜空に北斗七星が瞬いている。少し前まで地平線の向こうに隠れていたその星の訪れを、男は待ち望んでいた。厳しい北の大地では、冬が来ると戦争はいったん止まるからだ。

しかし、故国はあまりにも早急に領土を広げすぎた。北方の戦いが収まったところで、遠い南の島では今も砲弾が飛び交っている。着弾の音がすぐ傍(そば)で聴こえた気がして、男は強く頭を振った。この戦いの大義とはいったい何なのか。男には読み解くことのできない深い理由があるのか……。虚(うつ)ろな目で見上げるも、北斗七星はただ美しく瞬くばかり。

舞(ま)い立(た)った　一人小寒(ひとりしょうかん)　戦地不沈(せんちふちん)
戦買(せんか)う世知(よし)り　飛(と)び立(た)った今(いま)

寒さが厳しくなり始めたその日、男は一人戦地へと飛び立った。不沈と噂(うわさ)される敵艦を偵察して戻るのが今回の任務だ。しかしあまりにも危険なその任務を、なぜ自分一人が命じられたのか。上官の態度から推測するに、生意気な部下を陥れようという魂胆なのだろう。狭い操縦席の中で男はせせら笑った。「よもや敵国の方が、俺の腕を買ってくれているとはな」

そして微(かす)かな迷いを振り切り、男は敵艦隊へと舞い降りた。

その後、男は故国の裏切り者として、また敵国の英雄として戦場に名を馳(は)せていくことになる。

▽**小寒**　暦の上で、寒さが厳しくなってくる時期。

崩したい　大寒零時　苦痛ただ
美しい恋歌　抱いた雫

一年でもっとも寒さが厳しいその日、わたしの恋も冷たい北風に晒されていた。ずっと好きだった彼に恋人ができた。それを告げられた瞬間、わたしは「おめでとう」と微笑んでいた。それくらい、彼の前で友達のフリをすることに慣れていたのだ。だから、今さらこの関係を崩したいと願ってももう遅い。この寒さが過ぎるまで、ただ苦痛に耐えて待つことしかできない。

そんなことを考えながら街を彷徨っていると、ふと鳴り響いた美しい恋歌。その歌を口ずさみ、涙の雫を抱いたまま、わたしは今日も彼の友達を演じる。

▽**大寒**　暦の上で、寒さが最も厳しい時期

雪(ゆき)に告(つ)げん　まるで苦楽(くらく)の　焔(ほむら)たらむ
ほの暗(ぐら)く照(て)る　満月(まんげつ)に消(き)ゆ

雪は不思議だ。暖かい部屋の窓から眺める分には、これほど美しく心洗われるものはない。しかしいざその中に身を投じてみると、心のない冷たい死神と化す。

今わたしが歩いている雪原は、そのどちらにあたるのだろうか。吹雪が止み、満月に照らされた一面の雪景色は、眩(まばゆ)い銀の輝きとなってわたしの胸を打つ。しかし一歩一歩雪を踏みしめる足は鉛のように重く、雪の枷(かせ)に絡め捕られてもう感覚を失っている。進めど進めど、町の灯はまだ遠い。美しくも残酷なこの雪に囚(とら)われ、わたしの命の炎は少しずつ消えていく。

雪月（ゆきつき）や　描（か）かれた思慕（しぼ）の　滾（たぎ）りをり
北（きた）の星垂（ほした）れ　輝（かがや）きつ消（き）ゆ

雪原を青い月が照らしていた。外は凍えるような寒さだが、私はコートを羽織り絵筆を握る。長く続いていた吹雪が止んだ今、夜空に冬の星座が瞬くこの光景をどうしても絵に残したいと思ったからだ。そうして一心不乱に筆を動かしているうちに、心は遠い幼少期へと誘われる。

生まれ育った北国、優しかった父母の温もり、それら全てを失ったあの戦争。どうかこの平和な時が長く続きますように、と願いをかけた流れ星は、輝きながら北の空に消えてしまった。しかしキャンバスに描いた流星の光が消えることはない。

冬

読むだけで回文が作れるようになる魔法の物語

　ホワイトボードの前に立った若い女性——有馬マリア先生は、桜の花のように可憐(かれん)な笑みを浮かべて、こう言った。

「田中カナタ君、小堀リホコちゃん。二人には今から〈回文〉を作ってもらいます」

「はぁ……」

「ハイッ！」

　ひとり気の抜けた返事をしてしまった僕は、先生にギロッと睨(にら)まれた。でも全然怖くないというか、ちょっと申し訳ない気持ちになる。わざわざ時間を割いてもらっているわけだし、もっと真剣に取り組まなくては。

　ここは駅から少し離れた路地裏の小さなカフェ。幼馴染(おさななじみ)のリホコに誘われて、僕は〈回文教室〉へ通うことになったのだ。

　まあ教室と言っても堅苦しいものじゃない。カフェの雇われ店長であるマリアさんが、夕方の暇な時間帯に、得意の言葉遊びを僕たちに教えてくれるというだけの話。そこに国語を苦手としていたリホコが食いつき、そのリホコと同レベルの僕が引っ張られた。

ただ言い訳しておくけれど、僕はいわゆる理系頭で、国語以外の成績は別に悪くない。国語さえなければもっといい高校に行けたはず……。

ずぶずぶとテンションが下がっていく僕を尻目に、先生は溌剌(はつらつ)とした笑顔で問いかける。

「まずは〈回文〉についてアンケートね。二人とも、何か知ってる回文はある？」

「えーと、トマト？」

「キツツキ！」

僕の答えにすかさず乗っかってくるリホコ。先生は僕たちを交互に見つめて、うんうんと満足げに頷(うなず)いた、ものの……。

「残念。それは回文であって回文じゃないの。回文の文は、文章の文でしょ？　この二つは文章じゃなくて単語だからね」

言われてみればその通りだ。僕はもう一つ、誰もが知っている有名な回文を呟(つぶや)く。

「竹やぶ焼けた（たけやぶやけた）」

「肉の多い大乃国！（にくのおおいおおのくに）」

――いきなりハイレベルッ？

僕は隣りに座るリホコをチラッと気にした。童顔で天然キャラのリホコは、まったく本心の読めない、のほほんとした顔をしている。それが余裕たっぷりなように見えて、ちょっと焦る。

「ん、そうそう。そういうのが回文ね。特にリホコちゃんが言ったヤツは、かなりの有名作よね。広まり過ぎちゃって作者が誰かも分からないくらいに」

そこで一旦パソコンに向かった先生は、手早くサイト検索し、僕らに一つの芸術的な〈作品〉を見せてくれた。

『長き夜の　とをのねぶりの　みなめざめ　波乗り船の　音のよきかな（ながきよのとをのねぶりのみなめざめなみのりふねのおとのよきかな）』

「これが日本一有名な回文。『宝船』っていう縁起物の歌で、室町時代に詠まれたらしいの」

「へぇ、そんな古くからあるんだ。しかも短歌なんてすごいなぁ」

「そうでしょ？　回文ってちょっとした言葉遊びとしか思われてないけど、実は奥が深くて面白いんだ。まあいきなり回文短歌なんて難しいものは無理だから、最初は短いのからいきましょう」

そう言って先生は、ホワイトボードに何やら文字を書き始めた。

『昼　ひる』

『夜　よる』

漢字とひらがな、並列で記したそこに、さらに文字を追加していく。

『昼◯る日　ひる◯るひ』

『夜◯るよ　よる◯るよ』

「これが日本一簡単な回文の作り方。五文字なんだけど、かなりいろんなバージョンが作れるの。カナタ君、何か思いついたのある？」

先生に促され、僕は思いつくままに発言した。

「真ん中に『ね』を入れて、昼寝る日、夜寝るよ」

「うん、いいね」

「真ん中に『く』を入れて、昼来る日、夜来るよ、他にもいろいろできますね」

「そうなの。このテンプレなら、あいうえおで順に全部当てはめても、結構意味が通じる確率高いでしょ？　じゃあ次の問題ね」

『私　わたし◯したわ』

これも非常に作りやすい文章だ。あいうえお順に入れていくと……。

「私押したわ、私貸したわ、私帰したわ、私消したわ、私越したわ……けっこう際限ないな」

「私刺したわ！」

僕に続いてサ行に入ったリホコは、持っていたシャープペンを僕に向かってブスッと刺してきた。非常に鬱陶しいです、先生。

僕の優等生的不満を察したのか、先生がすかさず次のお題をくれる。

『私　わたし〇〇したわ』

たった一文字、真ん中を増やせと言われるだけで、一気にレベルが上がった。今までのようにあいうえおと入れていっても、なかなか綺麗に決まらない。

「うーん、『か』を入れて、私欠かしたわ……あとは……」

「先生、『も』でイケませんかッ?」

先生はリホコに無言でマーカーを差し出した。妙なことを書かれてもすぐ消せるよう、片手にはしっかりとクリーナーを握って。

するとリホコは、予想外の文章を記した。

『私も模したわ』

「リホコちゃん、いいね！　ナイス発想の転換！」

褒められて調子に乗ったリホコが、その隣に「私勃た」と書いたところで強制デリートされ、不満げな顔で席へ戻ってくる。そんなリホコを華麗にスルーして、先生は次のお題へ。

「じゃあここで一つルールを追加するね。回文では、濁点を付けても付けなくても同じ文字って扱いになるの。例えば『し』と『じ』を同じ文字とすると」

『私指示したわ』

すかさず僕の頭が、その新ルールをインプットする。濁点をつけられるカ行、サ行、タ行、ハ行で再度当てはめていくと。

「うん、『か』が入るね。私が貸したわ。私嗅がしたわ……は違う、『嗅がせたわ』か」

「『て』も入りますよッ。私、手でしたわ……何をしたかは」

「――ハイ、このお題終了ッ！」

リホコのあしらい方が分かってきたのか、先生はサクッと文字を消した。そして手元のレジュメを見ながら補足を少々。

『えへ・おを・わは』

「さっきの濁点変換と同じで、この組み合わせも回文ではアリってされてるの。発音したときに同じ響きになるからね」

『私へ返したわ　わたしへかえしたわ』

『私を通したわ　わたしをとおしたわ』

『私は交わしたわ　わたしはかわしたわ』

それらの例文を見たリホコが、ポロリと弱音を漏らした。

「わたし、頭がごちゃごちゃしてきましたわ……」

「そっかそっか、じゃあリホコちゃんはこういうのなしで作ったらいいよ。濁点変換を一切してない回文を〈完全回文〉っていうんだけど、それが好きな人も多いのよね。私は全然気にしないんだけど、あと『っゃゅょ』あたりの拗音（ようおん）も変換オッケーだし。ただ長音の『ー』だけは、ちょっとややこしいの」

そう言って先生は、もう一つの例文を書いた。

『トーマスはスマート』

途端にリホコが感嘆の声をあげる。

「おおッ、これは美しいですねぇ。わたしの理想とする、パーフェクトな完全回文です！」

覚えたての言葉を使いたがるところやら、パーフェクトと完全は被（かぶ）ってるとか、細かいツッコミどころはスルー。

先生は意地悪そうにニヤッと笑って、そこにもう一行追加する。

『トーマスはスマート　とぉますはすまぁと』

「うッ……そっちは美しくないです」

「先生、これどっちが正しいの？」

好奇心にかられて質問すると、先生は困ったように笑って。

「それが、どっちでもいいの。『ー』のままで綺麗（きれい）にハマったら完全回文だし、発音したときの音に合わせても完全回文。ここだけはイレギュラーだから、もし分からなかったらいつでも聞いて。……ってことで、回文のルール説明はこれでおしまい。あとは練習問題ね」

『思いついた単語で七文字回文を作りましょう。（制限時間五分）』

「いきなりテストですかぁ？　先生、模範解答プリーズッ！」

手足をじたばたさせて駄々をこねまくるリホコは、もはやランドセルを背負った小学生にしか見えない。しかしできた先生は、そんなリホコを優しく宥（なだ）めて。

「はいはい。じゃあ一個だけ一緒に作ろうね。何かパッと思いつく言葉はある？　三文字か四文字で」

「そんなこといきなり言われても……」

「好きな食べ物とかないの？」

「んー、小松菜？」

渋過ぎるそのチョイスに僕は吹きかける。先生も笑いを堪（こら）えつつその文字をホワイトボードに書き記した。

『小松菜　こまつな』

　七文字ということは、何の工夫もせず単に引っくり返すことしかできない。つまり答えは自動的に出てくるわけで、

「えっと、『小松菜妻子（こまつなつまこ）』！」

「なんだそりゃ。夫はホウレン草か？」

　きちんと正解を告げたリホコに、思わずツッコミを入れる僕。すると先生がすかさず助け舟を。

「普通に読むだけじゃなく、逆からも読んでみたら？」

「ああ、なるほど。なつまこまつな……『夏間、小松菜』だな」

「これは『夏マコ待つな』つまりマコちゃんに振られた、いつも同じポロシャツを着てる冴えない男子大学生の話ですね！」

「妙に具体的だな。あと小松菜消えてるし」

　冷静な僕のツッコミに、「小松菜はマコが食べました」と苦しい言い訳を返すリホコ。先生はクスッと笑って、

「まあ小松菜はあくまで発想のきっかけだから、どんどん脱線していいんだよ。あとね、こういうとき濁点を使うと幅が広がるよ。例えば『こ』を『ご』にしたら？」

先生の誘導に、さっき『完全回文派』を宣言したはずのリホコがすかさず食いついた。

「ご……ごまつなつまご？　『胡麻、ツナ、妻、碁』」

「これも逆読みで、なつまごまつな……『夏、孫待つな』だ」

「あッ、それさっきわたしが言ったヤツにそっくりじゃないですか！　ドロボーですッ」

ポコポコと全く痛くないパンチを受けながらも全く相手にせず、僕は一人頷（うなず）いていた。

これは〈国語〉に見せかけたパズルだ。これなら僕にもできるかもしれない。


（皆さんもぜひ七文字回文を考えてみてください）


数日後、僕は再び回文教室へ。

先生とリホコはすでに到着していて、それぞれ作業に没頭していた。慌ててホワイトボードをチェックすると、そこには本日のお題が記されている。

『花（十一文字以上）』

早速ノートを取り出して膝の上に広げる。リホコは回文を作るときスマホを使っているけれど、僕はああいうので文字を打つのはあまり得意じゃない。

サクサクと、迷いなく親指をスライドさせるリホコの姿にプレッシャーを感じつつ、僕はお題の『花』から一つ、核となるキーワードをチョイスした。なるべく短めで濁点などが無い、回文を作りやすそうなものを。

『百合（ゆり）』

この二文字から前後に広げていこうとしたものの、あまりにも漠然としすぎていてアイデアが湧かない。僕は悩んだあげく、もう二文字追加した。

『白百合（しらゆり）』

これで『白百合揺らし』という一文ができる。

……と、そこで僕の脳みそは完全に固まってしまった。いつものパターンだ。

回文を作り始めて、僕が気づいた致命的な欠陥……それは、どうしても長い文章が作れないということ。特にカッチリと収まった一文ができると、それ以上膨らませることができなくなる。脳みそが勝手に〈終了〉と判断してしまうのだ。

とはいえ、『揺らし』で終わらせるのもいまいちスッキリしない。

僕はもう一文字『た』を追加してみる。

『た、白百合揺らした（たしらゆりゆらした）』

今度は冒頭の『た』が余ってしまう。しばし熟考した結果、冒頭に『ま』をくっつけてみる。

『また白百合揺らした、ま（またしらゆりゆらしたま）』

たぶんリホコなら『ま』という文字に適当なものをくっつけていくのだろう。『ご』を入れて『碁、また白百合揺らした孫』とか。でも僕の脳みそは、そういう日本語として意味の通じない文章を〈エラー〉と判定する。

僕が理想とするのは、一見回文と気づかないくらい、どこにも引っかからずスルッと読めてしまう一文。

……ダメだ、思いつかない。

仕方なく立ち上がり、ホワイトボードに『白百合揺らし（しらゆりゆらし）』とだけ記す。

「ごめん、先生。アドバイス欲しいんだけど」

「いいよ、なになに?」

作業を邪魔されたというのに、先生は嫌な顔一つせずこっちへ寄ってくる。僕はマーカーを手渡しながら軽く言い訳をした。

「ここで止まっちゃったんだ。どうしても前後が綺麗（きれい）に伸ばせなくて」

「ああ、なるほどね。これは両端がキレイに決まってるから、〈折り返し地点〉を伸ばしたらいいよ。ほら、こんな風に」

そう言って、先生はするすると文字を綴（つづ）っていった。

『白百合が一つ、そっと光揺らし（しらゆりがひとつそっとひかりゆらし）』

まさに、僕が思いもつかないような一文だった。

何度読み直しても、先生がどうやってこの一文を導き出したのか理解できない。あたかも数学の難問で、計算式を飛ばして答えだけパッと示されたようだ。

「なんで『白百合揺らし』から、いきなり『光』って言葉がでてきたの？」

「んー、あらためて聞かれると困るなぁ……しいて言えば、絵が浮かんだから」

「絵？」

「そう。一輪差しに活けてある白百合が窓際にポツンと置いてあって、その花弁の白が暗がりの中にぽわんって浮かび上がってたから『あ、光だな』と思ったの」

「……ヤバイ、全然分かんない」

「うわぁ、素敵ですねコレ！」

悩める僕を押しのけ、ヤジ馬にきたリホコが感嘆の声をあげる。先生は少し照れ笑いして、

「ありがと。でもまだ途中だけどね。もう少し長くしてみたい感じ」

「待ってください、それわたしが挑戦しますッ」

そう言って「うむ……」と十秒ほど唸った結果、リホコが出した答えは、

『馬死後、また白百合が一つ、そっと光揺らし、卵しまう（うましごまたしらゆりがひとつそっとひかりゆらしたまごしまう）』

……ぶち壊しだった。

（皆さんもぜひ『白百合揺らし（しらゆりゆらし）』を前後に増やしてみてください）

それから月日は流れ、ついにやってきた回文教室の卒業試験。

先生が僕のために考えてくれたお題は――

『桜、恋、歌　さくら　こい　うた』

「この三つのキーワードを盛り込んで回文を作ってね。ただ作るだけじゃ面白くないから、私が作った回文と勝負しましょう。勝敗はリホコちゃんと、読者の皆さんにジャッジしてもらいます」

「ハイ！」

僕は力強く頷（うなず）くと、気合を入れて三つの単語をノートに綴（つづ）った。そして目を閉じてイメージする。

咲き誇る桜、先生との出会い、今まで積み重ねてきたたくさんの思い出……。

それでも世界は広がらず、まっさらのまま動かない。三つのキーワードが単なる〈文字列〉としてぐるぐると回るばかり。どう足掻（あが）いても、先生のように絵を浮かべることができない。それぞれの単語が繋がってくれない。せめて『桜』一つだけなら……苦し紛れにそう考えたとき、僕の頭に稲妻のような光が走った。

——そうだ、先生は〈三つの単語〉じゃなくて〈キーワード〉と言った。それはお題を文字列として使う必要はないということ。桜を使った〈恋の歌〉でもいいってことだ。

恋の歌。つまり、短歌。

あの『宝船』と同じ回文短歌を、この僕が作る……？

でも、迷っている余裕はない。もうやってみるしかない！

短歌に使う文字数は三十一。核になる単語は『桜』だ。小難しい技術なんて分からない。ひとまずそれを冒頭に据えてみる。すると末尾は「……らくさ」になる。『ひ』をつけて「開くさ」にする。

『桜ひ……開くさ〈さくらひ……ひらくさ〉』

冒頭の「桜ひ」を伸ばす。『ひ』で始まる言葉……と検索をかけた僕の脳内に引っかかったのはある物語のワンシーン。部屋の片隅でそっと咲いている、可憐（かれん）な白百合だ。

僕は迷わず「ひとつそ」を配置。字余りは気にしない。

『桜ひとつ　そ……そっと開くさ（さくらひとつそ……そっとひらくさ）』

桜と関連し『そ』で始まる単語として『染まる』を配置。

『桜ひとつ　染まる……るま　そっと開くさ（さくらひとつそまる……るまそっとひらくさ）』

次は『……るま』の部分。「車」「ノルマ」などの関係ない単語が次々と弾かれ、「る間」という動詞活用の選択肢が残った。しかし『る』で終わる動詞となればさすがに数が多すぎて、検索が追いつかない。チクタクと時計の針が進む音がする。

ブレイクスルーすべく一旦冒頭に戻る。「桜ひとつ　染まる……」で自然に続く言葉を探し、「染まるたびに」と配置。不思議なことに後ろの動詞も上手くハマってくれた。

『桜ひとつ　染まるたびに……に浸る間　そっと開くさ（さくらひとつそまるたびに……にひたるまそっとひらくさ）』

そして『……に浸る間』の前に置くのは、短歌的に二文字という縛りがある。そこに「夢」を配置。冒頭には「瞳」という文字を。

『桜ひとつ　染まるたびに瞳　ゆ×××　夢に浸る間　そっと開くさ（さくらひとつそまるたびにめゆ……ゆめにひたるまそっとひらくさ）』

これで、残りは四文字。ここは大事な折り返し地点だ。AとBの文字二種を使い『AB

ＢＡ』という並びで入れなければならない。選べる文字は自ずと絞り込まれる。

僕は先生の教えてくれた基本に戻る。あいうえお順に当てはめていき、最も日本語として美しく響く文字を二つ選びだす。

「……できました」

桜は文字列で盛り込んだ。歌は形式で。恋の方は、ハッキリ言葉にすることはできなかった。

僕が最も苦手とする曖昧な描写。それは僕自身にもあやふやな、先の見えない淡過ぎる初恋を暗示しているようで、少し皮肉だった。

行間に染み込んだこの想いは、皆に知られてしまうんだろうか？

それともささやか過ぎて誰にも気付かれない？

僕には分からない……あとは読者様にお任せ、だ。

僕と先生、二人の回文を渡されたリホコが、ヒュッと大きく息を呑む。そして興奮を抑えきれないというように瞳を輝かせて。

「では、今から二つの作品を発表します――！」

『ひそ咲くは　あかり帯び澄む　桜から　草結びおり　香淡く誘ひ（ひそさくはあかりお

びすむさくらからくさむすびおりかあはくさそひ）』

『桜ひとつ　染まるたびに瞳　赦し知る　夢に浸る間　そっと開くさ（さくらひとつそまるたびにめゆるししるゆめにひたるまそっとひらくさ）』

（皆さんもぜひ回文短歌に挑戦してみてくださいね！）

※先生作の回文短歌は、ありくしさん（@arexiarexi）に考えていただきました。

あとがき

「梅雨に出るで、出るで……にゅっ！（つゆにでるででるでにゅっ）」
「出たで！（でたで）」
「私、出したわ！（わたしだしたわ）」
「やっ、やった！　ついに君、歌人か！　いい感じ、紙気に入った、ツヤツヤ！（やっやったついにきみかじんかいいかんじかみきにいったつやつや）」

はじめまして、三田たたみと申します。上から読んでも下から読んでも『みたたたみ』です。このたび回文短歌の歌集という、ちょっとマニアックな本を出させていただきました。まずは自己紹介もかねて、この本を出版することになった経緯をご説明しましょう。

二〇〇九年の春、仕事に疲れてボロ雑巾のようになっていた私は、幼少期からの夢だった小説家を目指すことにしました。……いわゆる現実逃避というヤツです。

しかし小説家という職業は、なろうと思ってなれるものではありません。書いても書いても落選（ボツ）の山。スランプ沼にどっぷりハマった頃、物書き友達がツイッターで回文を流し始めました。

「回文？　あー、新聞紙とか竹やぶ焼けたのアレね。あんなの自分で作れるなんてスゴイねー」

と、最初は他人事のように思っていたのですが。

気づいたら、目に映る文字を逆さまから読むようになっていました。そして自作の回文（単に言葉をひっくり返したら意味が通じちゃったもの）を嬉々としてツイッターへ流していました。まるで魔法にかけられたように……。

そのうち「もっと厳しいルールで縛られたい」という謎の欲求に突き動かされ、回文短歌の道へ。一日一首、季語を入れた回文短歌を作っていると、その数がどんどん溜まって数百に……。

せっかくなので、それらの回文短歌をサイトに掲載してみたところ、二〇一五年冬、書肆神保堂さんに発見され、声をかけていただいたという次第です。

しかし、この本を世に出すためには、クリアしなければならない高い壁がありました。それは『解説』です。普通の短歌であれば、解説などなくてもちゃんと意味が通じますが、回文短歌は別です。厳しいルールに縛られるがゆえ、どうしても自然な日本語ではなくなり、一読では意味が分からない歌もできてしまいます。（もちろん、その奇抜さが回文短歌

の魅力でもありますが）
悩んだ末、私はそれぞれの歌にまつわる『小説』を書いてみました。その方が分かりやすいし、なにより読者様に楽しんでいただけると思ったからです。……まあ、堅苦しい感じの解説文が書けなかったという理由もあるんですけどね。
つまりこの本には、回文、短歌、小説、という三つの切り口から生まれた、一〇〇個の物語が詰まっています。手に取っていただいた皆様にも、何か一つでも心に残る物語が見つかったなら、とても嬉しいです。

最後に謝辞を。今まで私を支えてくれた回文クラスタの皆様。ずっと見守ってくれた物書きクラスタの皆様。『今日の季語』を流してくださった林義雄先生。いろは歌を教えてくださった竹本健治先生。短歌を教えてくださった大辻隆弘先生と『うたの日』の皆様。
そして、イラストを引き受けてくださった赤川広幸さん。企画から出版までの険しい道のりを支えてくださった神保茂さん。本当にありがとうございました。

二〇一六年五月

三田たたみ

めぐる季節の回文短歌

2016年6月25日　初版第1刷発行

著者　三田（みた）たたみ

発行者　神保茂

編集・発行所　書肆神保堂
〒807-0825 福岡県北九州市八幡西区折尾四丁目31-6-108
TEL 050-5539-9499　FAX 050-3730-8222
ISBN 978-4-9908754-2-8　C0092
Printed in Japan

印刷　グラフィック